AF542215

VENTE
du SAMEDI 29 AVRIL 1905
Hôtel Drouot - Salle n° 10
à deux heures

DESSINS

PROVENANT DU

COURRIER FRANÇAIS

DESSINS DE

CHÉRET, FORAIN,
HELLEU,
FONTANEZ, VILLON,
WILLETTE, etc.

Me Raymond PUJOS, Commissaire-Priseur
M. KLEINMANN, Expert

Catalogue des Dessins

PROVENANT DU

"COURRIER FRANÇAIS"

DESSINS ORIGINAUX, AQUARELLES, GRAVURES, ETC.

DE

BIGOT (G.).
CHÉRET (Jules).
DUMONT (M.).
DUDLEY-HARDY.
DUPERELLE.
ECKHARDT.
FAVEROT.
DE FEURE (G.).
FONTANEZ.
FORAIN.
HARTRICK.
HELLEU.
HERMANN-PAUL.
LAMI (M.-G.).
MANUEL (J.-M.-T.).
MORIN (Henri).
MORIN (Louis).
PEGRAM (Frédéric).
PHIL MAY.
PILLE (Henri).
RABIER (Benjamin).
RAVEN-HILL.
THILD (Jean).
TILLY.
VILLON (Jacques).
WIDHOPFF.
WILLETTE (A.).

Dont la Vente aura lieu :

HOTEL DROUOT - SALLE N° 10

le SAMEDI 29 AVRIL 1905, à 2 heures

COMMISSAIRE-PRISEUR
M. RAYMOND PUJOS
29, rue de Maubeuge

EXPERT
M. KLEINMANN
8, rue de la Victoire

EXPOSITION PUBLIQUE :

HÔTEL DROUOT, SALLE N° 10

le Vendredi 28 Avril 1905, de 2 heures à 6 heures

Hellen, n° 30.

CONDITIONS DE LA VENTE

Elle sera faite au comptant.

Les acquéreurs paieront **dix pour cent** en sus des prix d'adjudication.

N.-B. — Le droit de reproduction des dessins est formellement réservé.

M. KLEINMANN, ***expert, 8, rue de la Victoire, à Paris, se chargera des commissions pour les personnes qui ne pourraient assister à la vente.***

Helleu, n° 31.

DÉSIGNATION

BIGOT, G.

1. — Une maison de rendez-vous, à Tokio.

CHÉRET, J.

2. — La Danse, épreuve coloriée par l'artiste.
3. — Affiche du *Courrier Français*, en bistre.
4. — Affiche du *Courrier Français* en couleur.
5. — Affiche Quinquina Dubonnet.

Chéret, nº 2.

Eckhardt, nº 15.

Fontanez, n° 20.

DUMONT, Maurice

6. — Viens ! on va engueuler des femmes...

Fontanez, n° 22.

7. — J'aimerai bien un amant romanesque.
8. — Innocence.
9. — « ? »
10. — C'est encore le Monsieur que Madame appelle « Vieux Sénateur ».
11. — « Les voix qui passent ».
Il ne suffit pas de pleurer.

Fontanez, n° 21.

DUDLEY-HARDY

12. — La patineuse anglaise.

DUPERELLE

13. — Soir d'Été.
14. — La Rivière.

Fontanez, n° 19.

ECKHARDT

15. — A Londres. — Le contrôle en wagon.

Forain, n° 28.

FAVEROT

16. — La bonne nourrice.
17. — Nos rapins : « Quel appétit, tu vas manger tout ça. »

DE FEURE, G.

18. — Dans les Dunes.

Phil May, nº 52.

Manuel, n° 44.

FONTANEZ

19. — Le péril jaune.
20. — Tentation.
21. — Leur Arbre. — « Il est comme vous, il a grossi... — Méchant ».
22. — Petit misérable... — Nous jouions au cheval, alors je lui donnais son avoine.

Hartrick, n° 29.

23. — Souvenir de Mi-Carême. — Le Monsieur myope: « Frapper une femme est digne d'un sauvage, Monsieur ».

24. — La vieille Dame et l'Hiver. « C'est encore ce vieux fou, on ne dirait pas qu'il y a 70 ans que nous nous connaissons ».

Henri Morin, n° 47.

Fred. Pegram, nº 51.

FORAIN

25. — Épreuve en noir.

26. — Épreuve en noir.
27. — Épreuve en couleur.
28. — Épreuve lithographique.

HARTRICK

29. — Le Curling, jeu national écossais.

Maurice Dumont, n° 7.

Jacques Villon, n° 63.

HELLEU

30. — Le modèle. — Dessin original à la sanguine.
31. — La tasse de café. — Dessin original à la sanguine.

Maurice Dumont, nº 6.

32. — Épreuve à la sanguine.
33. — Épreuve à la sanguine.
34. — Épreuve en noir.
35. — Épreuve en noir.
36. — Épreuve en noir.
37. — Épreuve en noir.
38. — Épreuve en noir.
39. — Épreuve en noir.

HERMANN, Paul

40. — Croquis pour la décoration d'une robe.
41. — Danseuse.

Jacques Villon, n° 61.

LAMI, M.

42. — Pour le journal *La Fronde.*
43. — La Cocotte (épreuve coloriée).

Jacques Villon, n° 62.

Jacques Villon, n° 60.

MANUEL, J. M. T.

44. — Le match de Foot-ball.
45. — Champion Lady Boxers.
46. — A Londres. — L'Engueulade.

Jacques Villon, n° 59.

MORIN, Henri

47. — Pour l'honneur de la famille : « Alors tu comprends j'ai pris le nom de ma mère pour ne pas salir celui de mon pére. »

Jacques Villon, n° 58.

MORIN, Louis

48. — Faune et Bacchante.
49. — Bal d'artistes.

PEGRAM, Fred.

50. — Intérieur anglais.
51. — A Londres. — La promenade en bicyclette.

Widhopff, n° 92.

PHIL MAY

52. — Portrait.

Widhopff, n° 93.

PILLE, Henri

53. — La Musique.

RABIER, Benjamin

54. — Do - mi - sol - do.

RAVEN-HILL

55. — Types anglais.

Widhopff, n° 94.

THILD, Jean

56. — Cruelle énigme.

Widhopff, n° 97.

TILLY

57. — En route pour la cascade.

VILLON, Jacques

58. — Le Berceau. — « Mais, mon pauvre ami, ça ne sera jamais sec. »

59. — Esprit gaulois. — Les convertis. — « Il est rien fier à présent, il ne nous parle plus depuis qu'il donne dans la calotte. »

60. — Ohé du salon. — « Si elle continue à me raser j'vais la faire ressemblante. »

Widhopff, n° 98.

61. — « Non mais, vas-tu te dépêcher.... si tu crois que je suis venu ici *pour m'amuser.* »

62. — La chemise de *Verlaine* ne me quittera jamais... Madame. (Bibi la Purée.)

63. — Panem et Circenses. — Le pain et les jeux du cirque...

64. — Avant le bal. — La précaution utile.
(*Il faut qu'une porte soit ouverte ou fermée.*)

65. — Réflexions. — C'est pas étonnant, il a de fausses dents !..

66. — Justes noces. — « Elle. — Et nous ferons notre voyage...
« — Autour de ma chambre ».

67. — Coulisses. — Et maintenant, mon vieux, j'espère que tu ne me débineras plus.

68. — Ah! la, la, Clémence, ferme ton piano. — Bonne amie ! — ...à queue.

69. — Les Catacombes. — Tâche d'en trouver un qu'ait les dents *aurifiées*...

Widhopff, nº 90.

Widhopff, n° 107.

70. — Ce sont les maisons où l'on passe, où l'on passe (air connu).
71. — Eh eh! ma p'tite, ça fait l'argent de poche !..
72. — Prière à la Vierge. — « Je vous en supplie .. hier encore... pas un michet !...
73. — Les bains de mer.
74 — « Elle te donnait 40 sous par jour, alors tu faisais le M... souteneur. » — Ah non, puisque *j'étais soldat.*
75. — Le nid des jeunes mariés.
76. — The Cake-Walk ou la marche du gat .. eux.
77. — Complet ! — « C'est dégoutant, elles sont toujours pleines ».

Widhopff, n° 99.

78. — La crise de nerfs. — Nos Etudiantes : « Faut lui presser les ovaires ! »

VIDHOPFF

79. — La dernière seconde.

Widhopff, n° 104.

80. — Le jour de l'an en Russie.
81. — Un Dimanche passant devant l'Hôtel-Dieu...
82. — Les loups de mer.

Widhopff, n° 105.

Widhopff, n° 95.

83. — Menu de la Poule au Pot donné chez Julien.

Widhopff, n° 100.

84. — « Je préférerais du Cordon rouge »
85. — Les danses indiennes de Lady Mac Leob.
86. — Balcons fleuris.
87. — Balcons fleuris.
88. — La hideuse grippe.
89. — La sorcière.
90. — L'amateuse.
91. — Sérénade.
92. — Les liqueurs Bols il y a trois cents ans.
93 — Les liqueurs Bols de nos jours.

Widhopff, nº 103.

94. — Une Montmartroise.
95. — Nichonnerie.
96. — Tous mes amants prennent du Whisky A B C.
97. — Le vernissage aux Ambassadeurs.
98. — Premier Janvier. — Le premier Cadeau.
99. — La licence des Kiosques.
100. — Tenue champêtre.
101. — Premier rayon.

Widhopff, n° 79.

Widhopff, n° 101.

Widhopff, n° 91.

102. — Nuit chaude.
103. — Idylle à la saxoléine.

Widhopff, n° 96.

104. — Les adieux de Pépé.
105. — La bonne maman.
106. — Souvenir sincère.
107. — Un « Dîner de faveur » chez Julien, en 2905.
108. — Sur la falaise.

WILLETTE

109. — Palais de Venise.
110. — Au Palais de Glace.
111. — La toilette.
112. — L'Arlésienne.

Widhopff n° 106.

113. — La folie.
114. — Matelotte.
115. — Figaro.
116. — La chaise à porteurs.

Willette, n° 116.

117. — Chacun sa Muse. — Lithographie pour une Revue de M. Jules Roques à l'Alcazar d'Eté.

118. — Projets d'enseignes. — Le chat noir. — L'âne rouge.

Willette, n° 136.

119. — La Revue Deshabillée.— Lithographie pour une Revue de M. Jules Roques aux Ambassadeurs.

120. — Avant le Bal.

121. — L'abonnement forcé (3 croquis).

122. — Portrait de Mlle X.

123. — Je suis la sainte Démocratie. — J'attends mes amants (épreuve).

124. — Carte du Bal de l'Internat en 1903 (épreuve).

125. — Hommage aux Goncourt (épreuve sur chine).

Willette, n° 132.

126. — Les Bonshommes Guillaume.

127. — Automne. — « Madame Denis ». — Tiens bois mon homme, du Dubonnet dans le même verre, ça nous conduira à nos noces de diamant.

128. — Les prétendants.

129. — Viens t'en, tu vas t'enrhumer (esquisse).

130. — La Liberté. — A toi le ciel... A moi, la terre ! (épreuve).

131. — Une halte.

Willette, n° 123.

132. — Surtout pas d'eau de Seine.
133. — La neige attire le loup.
134. — Épreuve coloriée.

Willette, n° 128.

135. — La petite bohème (épreuve lithographique).

136. — Le Dîner de faveur.

Willette, n° 125.

137. — Pégase au marché.

Willette, n° 131.

138. — L'Année 1904.

Willette, n° 129.

139. — Chauve-souris.

140. — Chatte et Matou.

Willette, n° 133.

141. — Chauve-souris mâle.
142. — Le marchand de sable.
143. — Le manoir à l'envers.

Willette, n° 115.

Willette, nº 127.

LE COURRIER FRANÇAIS
G. LEMOINE

www.ingramcontent.com/pod-product-compliance
Lightning Source LLC
LaVergne TN
LVHW010003230826
846092LV00002B/629

* 9 7 8 2 3 2 9 6 6 9 7 7 9 *